el gallo, la zorra y el perro

FÁBULA DE ESOPO
adaptación de FRANCESC BOADA
de la versión recogida por Joan Amades
versión castellana de ASUNCIÓN LISSÓN
ilustraciones de IRENE BORDOY

La Galera
BARCELONA

Había una vez un gallo
que, picoteando, picoteando,
se alejó del gallinero.

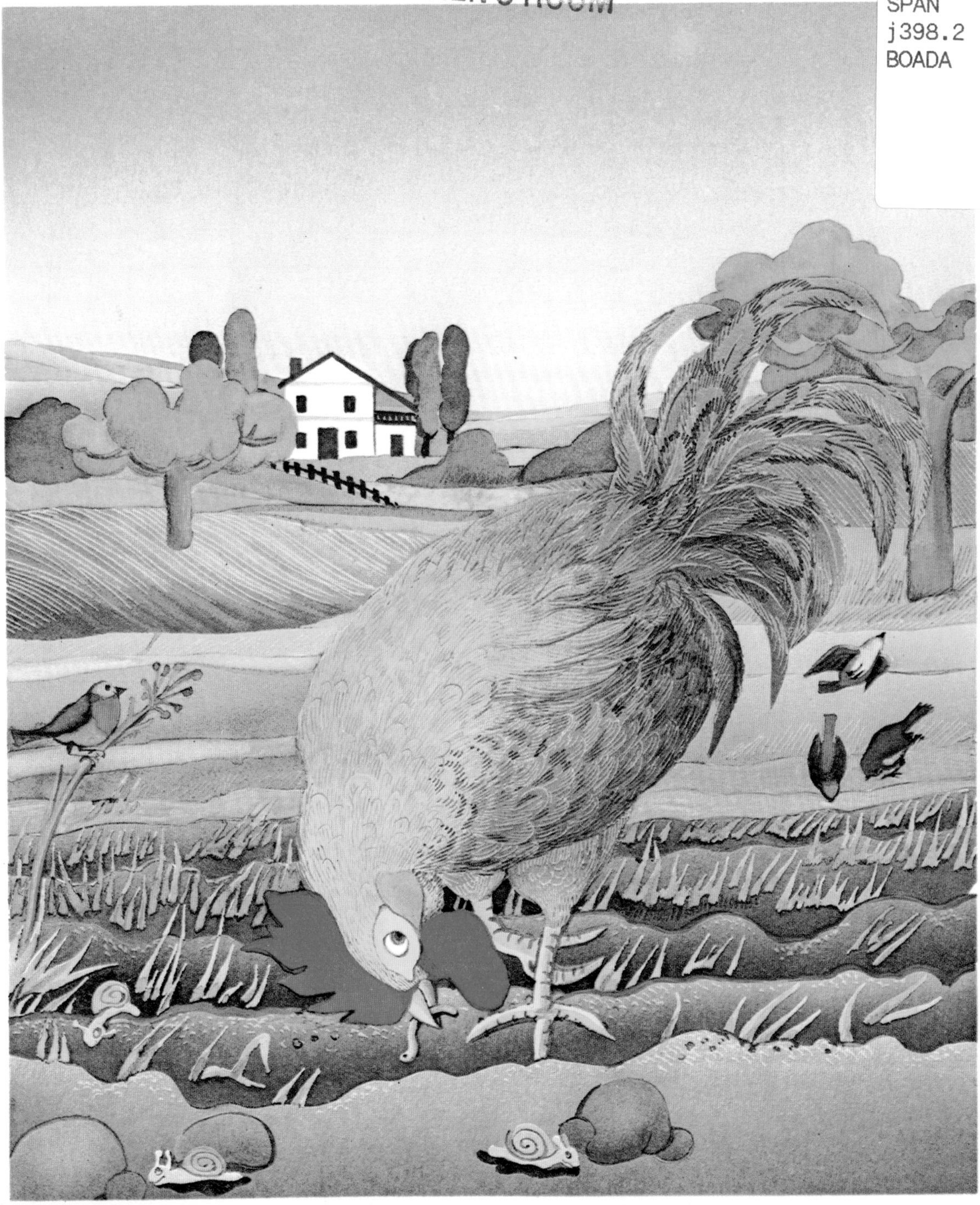

Cansado de caminar,
se paró al pie de un árbol
solitario en medio del campo.

Y allí estaba
cuando vio que se acercaba
su vecina la zorra.

El gallo, que sabía
que a comadre zorra le gustaba su carne,
corrió
y se subió a la copa del árbol.

La zorra se detuvo bajo el árbol
y le dijo:

—Hola, compadre.
¿Cómo es que, en cuanto me ves,
te subes a la copa del árbol?

—Porque conozco tus intenciones.
Si no estuviera aquí arriba
ya me habrías devorado —respondió el gallo.

—¡Qué va! —dijo la astuta zorra—.
Eso era antes...
¿Es que no sabes que ahora se ha decretado
una nueva ley que dice
que todos los animales debemos ayudarnos,
que hemos de ser buenos amigos
y no hacernos daño unos a otros?
—Pues no, no lo sabía —dijo el gallo.

—¡Qué cosa tan rara!
Tú, que eres tan sabio
y despabilado,
¿no sabes que se ha dictado esta nueva ley...?
—No, doña zorra, no.
Eres muy pilla, pero no me engañarás
por más que porfíes.
¡Yo me quedo aquí arriba!

—¡Pero qué desconfiado eres!
¡No te digo y te repito
que se ha decretado una nueva ley!
—Sí, ya me lo has dicho, ya —dijo el gallo—.
Pero, tal como veo las cosas,
aunque se haya decretado esta nueva ley
no pienso bajar.

Mientras el gallo y la zorra
andaban en estas razones,
el perro del caserío,
que había olfateado a la zorra,
salió a buscarla.

En cuanto doña zorra vio
que el perro se acercaba,
se echó a correr,
¡pies, para qué os quiero!

Entonces el gallo aprovechó para gritarle:
—Comadre, ¿cómo es que huyes tan aprisa,
si se ha decretado una nueva ley que dice
que ahora todos los animales tenemos que ayudarnos
y debemos ser buenos amigos y
no hacernos daño unos a otros?

Y la zorra, sin dejar de correr,
respondió:
—Es que sospecho
que el perro sea tan ignorante
como tú
y aún no sepa
que se ha dictado esa nueva ley.

¿Quién salió al encuentro del gallo de nuestra historia? ¿Por qué?

¿Por qué crees tú que la zorra cuenta al gallo lo de la nueva ley que se ha decretado entre los animales?

¿Qué decía esa nueva ley, según la zorra?

¿Y a ti qué te parece?, ¿era verdad eso de la nueva ley?

¿Por qué crees tú que el gallo no se fía de la zorra?

¿Por qué la zorra sale huyendo en cuanto ve que se acerca el perro?

Además de gallos, en las casas de campo se crían otros animales. Haz una lista de los que tú conozcas.

© 1981 La Galera, S.A. Editorial - Ronda del Guinardó 38 - 08025 Barcelona - Depósito Legal: B. 18.468/1989
Impreso por Índice, S.L. - Fluvià 81 - 08019 Barcelona - Printed in Spain - ISBN 84-246-1559-X